Bibliografische Information der Deutschen Nationalbibliothek:
Die Deutsche Nationalbibliothek verzeichnet diese Pub-
likation in der Nationalbibliografie; detaillierte Daten
sind im

Internet über http://dnb.dnb.de abrufbar.

Herstellung und Verlag: BoD – Books on Demand,
Norderstedt
ISBN: 9783752628128

BoD

Urheberrechtlich geschützt
Alle Rechte vorbehalten.

C 2020 Heike Fleischer
Illustrationen: Heike Fleischer

Erzählt wird hier die Geschichte von Matti, einem
kleinen Möwenjungen, der das Fliegen lernen soll,
es auch will und dabei seinen ganz eigenen Weg geht.

Es ist eine frei erfundene Geschichte, wie sie sich
einmal im hohen Norden an der Küste zugetragen
haben könnte.
Obwohl sie sich auch so oder so ähnlich an anderen
Orten sowie mit anderen Akteuren auf ihre Art ereig-
net haben kann oder könnte.

Sie ist gedacht sowohl für Kinder, Jugendliche und
Erwachsene: Als Geschichte, als Gute-Nacht-Lektüre
oder auch als Mutmacher für alle, die vor einer neuen
Herausforderung stehen, vor einem nächsten Schritt,
der zunächst gar nicht so schwer erscheint und dann
plötzlich so unglaublich schwer zu gehen ist, warum
auch immer.

Ich wünsche allen Leserinnen und Lesern viel Spaß
mit dieser kleinen Geschichte und, dass möglichst
viele von ihnen das versteckte „Mut-mach-virus" gut
annehmen können.

Herzlich

Heike Fleischer

Matti war ein kleiner Möwerich, der auf seiner Insel
bei allen sehr gern gesehen wurde. Egal ob Mädchen,
Jungen, Frauen, Männer – bei groß und klein, alt und
jung: Matti war immer und überall sehr beliebt.

Alle Kinder werden einmal flügge und so geschah es
auch mit Matti. Er war schnell in ein Alter gekommen,
in dem junge Möwen ihre ersten Flugversuche starten.
Das jedoch fiel unserem kleinen Möwerich sehr sehr
schwer. Zu hinderlich war ihm das Schlagen mit den
großen Dingern, welche die großen alle „Flügel"
nannten! Dabei sollte er auch noch laufen, dann die
Füße einziehen, langsam strecken und sich dabei in
die Lüfte erheben.
Für ihn hieß das einfach nur, sich zu ergeben, denn
er hatte überhaupt keine Vorstellung davon, wie
das alles gehen sollte.

Und Vertrauen, was war das denn schon wieder?
Auch, wenn Mama und Papa - erst recht Papa -
immer nur laut schrien, er soll doch einfach nur schlagen und vertrauen. Meist kam er schon allein mit dem
gleichzeitigen Schlagen der großen Flügel nicht zu-
recht.

Dann dieses mulmige Bauchgefühl... Wo sollte da für
ihn noch Vertrauen in etwas völlig Fremdes herkommen, wenn er mit sich selbst noch nicht einmal klar
kam?
So war der kleine Möwenjunge nicht sehr glücklich
mit seinen Flugversuchen und dabei wollte er doch
so gern seine Möweneltern einmal stolz den Strand
entlang schreiten sehen und dabei allen verkünden:
„ Ja, das ist unser Matti..."

Matti suchte Flügel ringend nach einer Möglichkeit,
diese Kunst möglichst schnell zu erlernen.
Heute hatte Papa keine Zeit, aber bald, vielleicht schon
morgen konnte es soweit sein. Dann würde er sich mit
vollem Ernst dieses Themas annehmen. Und genau
das wollte, das musste Matti jetzt einfach vermeiden,
irgendwie. Schließlich konnten andere Vögel das auch
und sogar die frechen Spatzen, die ihrer Meinung nach
sowieso immer alles besser wussten und konnten.
Sogar die erhoben sich in die Lüfte; mit lautem
Spatzengeschrei versteht sich.

So in seine Gedanken versunken sah er am Strand
aus den Augenwinkeln wie sich einige Möwen „ihre
Startbahn" suchten. Das kam ihm äußerst gelegen.
Hier kannte ihn niemand und so konnte er sich nicht
sonderlich blamieren.
Matti suchte sich eine Position, von der aus er alles
im Blick hatte, zugleich jedoch auch weder besonders
neugierig noch völlig desinteressiert erschien.

Schnell hatte der kleine Möwenjunge den richtigen
Platz eingenommen und schaute den „Alten" zu. Wo-
bei „Alten" - da hatte er sich wohl täuschen lassen,
denn es waren jugendliche Möwen, die schon auf
„Brautschau"waren, wie Papa immer sagte. Die
mussten schon super fliegen können, denn sonst hätte
sie auch nicht einmal nur ein einziges Möwenmädchen
auch nur angesehen - wie Papa immer so eigenartig
betonte. Und große Möwenmädchen waren reichlich
vertreten! Mit dieser Erkenntnis war sich Matti ebenso
klar, genau zum richtigen Zeitpunkt auch am richtigen
Platz zu sein.

Da bemerkte er, wie plötzlich mehr erwachsene Möwen ihre „Startbahnen" betraten und sich in bestimmte Positionen begaben. Sie wollten scheinbar starten!

Unser junger Freund konzentrierte sich nun sehr genau auf jede einzelne Bewegung, jede noch so unscheinbare Position des gesamten Starts. eines jeden „Fliegers". Wie gebannt verfolgte er jedes noch so kleine Detail, jeden einzelnen Schritt vom Anlaufen über das Strecken der Beine bis zum Abheben. Er sah jeden einzelnen Flügelschlag; auch den veränderten Winkel zum Wind - und speicherte alles.
Dabei erinnerte er sich plötzlich an Papas Hinweise zur Atmung. Bisher hatte er sie nie verstanden. Aber jetzt und hier schien er endlich eine Ahnung zu haben, worum es ging. Wieder und wieder beobachtete er den Start der großen Jungs. Dabei ignorierte er deren laute Späße sobald sich ihnen große Mädchen näherten. Dann waren alle großen sowieso immer anderes.
Ihm aber kam es einzig und allein darauf an, vom besten Flieger möglichst alles lernen und es später selbst zeigen zu können. Dafür war er bereit, alles zu geben.

An diesem Abend kam Matti spät nach Haus und
schlief völlig erschöpft vom langen Tag, der ständig
hohen Konzentration und den noch anschließenden
Übungen schnell ein.
Doch schon am nächsten Morgen wollte er sofort weiter-
machen. Schnell stahl er sich aus dem Nest und machte
sich auf den Weg.

Der Strand war noch leer, aber schon freigeräumt von
all dem, was das Meer nachts an Land gespült hatte.
Das Wetter war sehr gut und bald würden wieder viele
Menschen zum Wasser strömen. Die Zeit bis dahin
wollte er nutzen. Schnell zeigte sich jetzt, wie gut Matti
gestern die Flugübungen der „großen" beobachtet hatte.
Nach anfänglichen Startschwierigkeiten glückte ihm bald
der erste richtig gute Start. Unser kleiner Freund hob gut
vom Boden ab und befand sich schon ganz plötzlich oben
in der Luft! Einfach so! Und kaum, dass ihm das überhaupt bewusst wurde, da bekam er auch schon richtig
guten Aufwind! Zunächst jagte dieses Gefühl ihm einen
riesigen Schrecken ein. Doch bald darauf überwogen der
Stolz und der feste Wille, es richtig gut zu können:

F L I E G E N

Ganz leise, voller Ehrfurcht und Sehnsucht zugleich kam
dieses Wort aus seinem Schnabel gehaucht. Dabei
merkte er fast gar nicht mehr, wie er immer länger in der
Luft blieb und dabei immer höher und höher flog.

Erst als er die Landung am Strand fast nicht mehr
hatte stehen können, wurde ihm richtig bewusst,
was eben hier gerade geschehen war. Dabei wäre
es fast noch ein „Wasserklatscher" geworden !
Schnell machte sich unser Möwerich auf, um es er-
neut zu probieren.
Diesmal war er jedoch wieder von Anfang an mit
allen Sinnen dabei.
Ebenso fix wie zuvor war Matti wieder in der Luft.
Immer höher flog er ! Und um so höher er kam,
umso kleiner wurden Häuser, Bäume, Boote und
Autos, die Straßen, Menschen, Pflanzen und Tiere.
Mattis Augen wurden immer größer. Da stieß er
plötzlich einen lauten Jubelschrei aus: „Juhuuu,
ich kann endlich

plötzlich einen lauten Jubelschrei aus: „Juhuuu, ich kann
endlich fliegen. Juhuuu, seht alle her..."
Mit dieser unbeschreiblichen Freude im Gefieder drehte
der Möwenjunge ganz allein seine ersten großen Runden
am Meereshimmel... allein, aber voller Stolz und über-
glücklich mit sich und der Welt.

Als er etwas später wieder gelandet war, begegneten ihm
wieder die großen Jungs.
Einer von ihnen, Eddi, hatte scheinbar nur seine Landung
bemerkt, meinte jetzt aber: „Eh Alter, für deine kleinen
Flügel hast`e da oben schon `ne ganz gute Figur gemacht.
Gut, eh - mach weiter so! Wenn du willst, komm morgen
wieder her und ich bring dir `n paar Tricks bei, ok.?"
Matti starrte ihn sprachlos und mit offenem Schnabel an.
„Ja, das wäre echt cool, eh." - antwortete er nur. Mehr fiel
ihm vor Schreck gar nicht ein. Und so waren sie schon für
den nächsten Tag verabredet.

Genauso schnell, wie er sich am Morgen des Vortages an
den Strand gestohlen hatte, war Matti auch heute wieder
zeitig auf dem Weg dorthin.
Dabei begegneten ihm Eddi und dessen Freunde und so
blieb einfach keine Zeit mehr für den einen oder anderen
Start allein. „Pah, wozu brauchst`n das Alter? Das läuft
doch schon fast wie geschmiert!" - meinte Eddi nur dazu
nachdem Matti mit der Sprache herausgerückt war.
Eddi und seine Freunde fanden schnell Gefallen daran,
ihm ihre Tricks beizubringen. Dabei lernte Matti fast spielend, worauf er achten musste und auch wie er Kräfte
sparendsegeln konnte.

Die „Jungs" machten damit zugleich „ordentlich Eindruck
bei den Mädels" – wie Eddi wieder trocken bemerkte.
Zu fressen fanden sie alle gut am Strand; die Touristen
hinterließen immer mehr als genug.
Mattis Mama hätten alle Federn zu Berge gestanden,
hätte sie davon gewusst.

Abends kam er sehr zufrieden, ja fast ausgelassen, aber
etwas zu spät nach Haus.
Papa war wohl etwas sauer und fragte ihn mit langem
Schnabel, was er so den ganzen Tag lang getan hätte.
Diese Geste war nicht nur in der ganzen Familie bekannt.

Matti war auf diese Frage überhaupt nicht vorbereitet. Er
wollte nicht zugeben, dass er mit den „Jungs" unterwegs
gewesen war.

Papa schien irgendetwas gegen sie zu haben. Und
wenn er wüsste, dass ausgerechnet „die" ihm Flieger-
tricks beigebracht hatten...
Matti wollte einfach nicht weiter darüber reden zumal
es nach Papas Ansicht eben Sache des Vaters sei, aus
den Kindern, gute Flieger zu machen. Das galt besonders für Möwenjungs.

So schwieg unser Held lieber und ließ Papa in dem
Glauben, dass er nur so am Strand seinen Spaß mit
anderen gehabt hatte. Das stachelte den jedoch erst
richtig auf. Und so meinte er, dass es damit nun endlich
genug sei und es Zeit werde, dass Matti seinen „Freiflieger" mache.
Dem jedoch wurde eng ums Gefieder bei diesem Gedanken. Nicht, dass er der Meinung war, er könne nicht
fliegen, nein. Aber reichte sein Können denn schon
aus?
Und was wäre das alles wert, wenn Mama, Papa und
all die anderen dabei sein würden?

Matti fand vor Aufregung kaum Schlaf in dieser Nacht.
Er wälzte sich hin und her, träumte schlecht und wachte
morgens wie zerschlagen auf.

Diesmal jedoch konnte ihm nichts helfen. Papa machte
ihm schnell klar, dass sie heute solange üben würden,
bis Matti endlich oben blieb. „Und abends machst du
deinen Freiflug. Basta!"
Damit war das letzte Wort für Papa gesprochen. Er war
selten so streng. Irgendetwas musste ihm die Laune
gehörig verdorben haben. Auch Mama schwieg.

Am nächsten Morgen ließ nun Matti völlig entmutigt
alles über sich ergehen und begab sich mit Papa
widerwillig und mit hängenden Flügeln zum Strand.
Dort stolzierte Papa ganz in alter „Möwenpapamanier"
vor ihm auf und ab und erklärte all das, was er ohne-
hin schon wusste. Er wollte es gar nicht mehr hören
und fragte sich nur noch besorgt, wie er denn nur er-
klären sollte, dass er schon fliegen konnte und wo
und wann er das gelernt hatte...

Am Strand hatten sich inzwischen schon mehrere
Familien ihren Platz reserviert, bei denen genau
das selbe Thema auf der Tagesordnung stand.
Auch Schaulustige waren reichlich vertreten. Und
jeder konnte zuschauen! „Wie peinlich!" – dachte
Matti nur noch.

Papa legte gerade genau vor seinem Schnabel eine
Paradelandung hin und erwartete nun den Auftritt
seines Sohnes. Der drehte sich um, nahm hoch
erhobenen Hauptes und mit Stolz im Gefieder kurz
und kräftig Anlauf und .... stolperte, sodass er gar
nicht mehr zum Schlagen mit den Flügeln kam;
an `s Abheben gar nicht zu denken.

Dabei musste er wohl eine weniger stolze Figur
abgegeben haben. Mama wedelte ihm mit den Flügeln stumm und für andere kaum sichtbar Mut zu.
Manche lächelten wissend, während wieder andere betreten zur Seite blickten. Papa fühlte sich jedoch nur noch mehr bestätigt und sagte: „Da haben
wir ja noch ordentlich zu tun, mein Sohn!" Dabei
sah er ihn mit tackendem Schnabel sehr vorwurfs-
voll an. Es schien ganz so, als wolle er sagen: „Ich
hab`s ja gewusst!"

Eddi und seine Freunde hatten das Schauspiel
nicht weit entfernt verfolgt und waren langsam
näher gekommen.
Als Papa Matti nochmal groß und breit, vor
allem jedoch laut (!) den Anlauf erklärte, ver-
suchten die Jungs, möglichst schnell die Aufmerk-
samkeit aller auf sich zu ziehen. Während dessen
hatte sich Eddi Matti genähert und sprach ihm leise
Mut zu: „ Eh Alter, du kannst das doch! Oben ist der
Himmel, da willst`e hin! Denk nur daran und an
überhaupt gar nichts anderes! Schlag kräftig die
Flügel durch! Pack all deine Wut dahinein und ab
geht`s! Bist ein Möwerich und kein Frosch! Was
meinst du, wie die hier alle miteinander gucken,
wenn du plötzlich abhebst. Die haben nur vergessen, dass sie auch irgendwann einmal das Fliegen
lernen mussten. Wer weiß denn von uns, wie oft
die alten Herren in ihrer Jugend mit dem Schnabel
im Sand lagen?" Während er diese Worte sagte,
legte Eddi seinen rechten Flügel auf Mattis linke

linke Schulter. Dabei lächelten sie sich beide ver-
schwörerisch an, nahmen gemeinsam Anlauf und
hoben plötzlich ab; genau so wie sie es gestern
schon getan hatten. Heute jedoch ungeachtet all
der Anderen.
Matti gewann mehr und mehr an Höhe, bis sich das
vertraute Gefühl einstellte und er zum Segelflug
übergehen konnte. Die beiden Möwenjungen dreh-
ten einige Kurven und Kreise. Dabei merkte Matti
überhaupt nicht, dass sich sein Freund mehr und
mehr zurückfallen ließ.

Glücklich verließ sich Matti voller Vertrauen auf sich
selbst, auf all das, was er gelernt hatte und bereits
konnte. Dabei erinnerte er sich, dass er schon als
ganz kleiner Möwerich oft das Treiben der großen Vögel bestaunt hatte. Wie kraftvoll sie immer in den
Himmel aufstiegen, der Sonne und den Wolken ent-
gegen flogen, höher und höher und dabei den Elemen-
ten trotzten.
So spürte er schon von ganz klein auf diesen unbändi-
gen Willen in sich, zwischen Himmel und Erde zu fliegen, eins zu sein mit sich und der Welt.
Was für die meisten Vögel so selbstverständlich war
wie ein kleiner Flügelschlag, war für ihn lange Zeit
unglaublich schwer gewesen.

Heute war es endlich soweit. Jetzt gerade zeigte er es ihnen allen. Allen, die es gerade sehen wollten oder nicht. Er, Matti, der kleine Möwerich konnte fliegen, hatte es gewagt und sich ohne großes Trara in die Lüfte erhoben.
Still betrachtete er den Himmel und das Meer. Alles hatte er seinem geheimen Wunsch untergeordnet und so stellte er sein ganzes, noch so junges Möwenkönnen fast wie von allein unter Beweis.
Wieder und wieder flog er weit hinauf, ließ sich fallen und glücklich und gekonnt von den Winden tragen.

Plötzlich entdeckte unser Freund immer größer und dunkler werdende Wolken am Himmel. Sie kamen näher und näher. Er hatte seelig vor Glück ganz vergessen, dass er hier oben stets alles im Blick haben musste.
Schnell konnte einem der Wind in dieser Höhe zur Gefahr werden, besonders wenn Regen sich aufmachte und aus Wind Sturm wurde.
Adler waren nicht zu sehen gewesen und so war er sicher gewesen; zu sicher.

Matti sah nach unten aufs Wasser. So schnell, wie sich jetzt hier oben der Himmel zusammenbraute, war unten im Meer das gleiche los.

Wo sich eben noch die Wellen spielend aneinander
geschmiegt hatten, wurden sie nun größer und
größer, schlugen hart und laut krachend aneinander, wurden dunkler und dunkler.
Immer größer wurden auch die Schaumkronen,
die wild und ungezügelt auf den Wellen zu tanzen
schienen. Und schon schlug alles tosend und krachend auf den großen Steinwällen vor dem Strand
auf.
„Oh man, was soll ich denn nun bloß tun? Wie soll
ich das denn bringen, hier heil runter zu kommen?"
- fragte sich Matti nur. Dabei fühlte er, wie ihn sein
Mut mehr und mehr verließ.

Plötzlich vernahm er trotz des Getoses der Winde
und Wellen Geräusche, die vom Strand herkommen
mussten. Ein Blick dorthin zeigte ihm, dass die Menschen eilig aufbrachen um in ihre Häuser und Woh-
nungen zu gelangen.
Kinder begannen zu weinen. Sie hatten Angst genau
wie die kleinen Tiere, die sich auf den Weg machten,
Schutz zu finden. Nie hatte er sich anderen Tieren,
den Menschen und Pflanzen näher gefühlt als jetzt
gerade.

Da sah sich Matti als kleiner Möwerich im Nest, der
davon träumte, dem Himmel und der Sonne entge-
gen zu fliegen.
Sollte das jetzt ein unerfüllter Traum bleiben? Sollte
das jetzt hier alles gewesen sein? Sollte er wirklich
jämmerlich abstürzen? Das konnte einfach unmög-
lich sein!
Da erinnerte sich Matti, was er bei den großen Jungs
gesehen und gelernt hatte: Das Spiel zwischen An-
kämpfen und Fallen lassen, rechtzeitig und gekonnt
die Naturgewalten für sich zu nutzen, solange es
Sinn machte und überhaupt ging. Und so nahm er
all seine Kraft zusammen, konzentrierte sich voll
und ganz auf das Hier und Jetzt und suchte sich
gezielt den richtigen Weg und den passenden Wind
nach Hause aus.
Zwar würde er Umwege in Kauf nehmen müssen,
aber mit etwas Glück konnte er es schaffen!

Matti schlug mit all seiner Kraft seine Flügel
schnell und weit durch, glitt voller Vertrauen durch
ie Lüfte.
Bald schon kam er dem Strand wieder näher und
hatte dann das offene Meer hinter sich. Schließlich
legte er sogar noch eine ganz gute Landung hin als
er bemerkte, dass zwei größere Möwen in seiner
Nähe gelandet waren. Er fühlte sich seltsam wohl
in ihrer Nähe, ohne sie überhaupt bemerkt zu
haben.

Noch etwas zögernd schaute Matti zu ihnen hinüber.
Es waren Eddi und Papa! Der sagte nur: „Der Freiflieger war zwar ohne meine Erlaubnis, aber mir
soll's recht sein. Super gemacht, mein Sohn. Hast
uns ganz schön ausgetrickst."
Und laut an die anderen gewandt setzte er nicht
ohne Stolz nach:" Ihr dürft ruhig gratulieren und
applaudieren. Solch eine Leistung bekommen wir ja
schließlich nicht jeden Tag zu sehen. Ist ja aber mal e
ben auch unser Matti..." Alles andere ging im aufge-
henden Jubel unter.

Ein tiefer Möwenseufzer der Erleichterung durch-
zog Mattis noch so junges Gefieder, denn er hatte
seinen „Freiflieger" geschafft!
Er hatte es der ganzen Welt bewiesen: Er, Matti,
der kleine Möwenjunge konnte fliegen! Und wie
er das konnte...
Eddi meinte nur über den ganzen Schnabel grin-
send: „Zweifelt noch irgend jemand an, dass der
Kleine hier fliegen kann? He, komm Alter!"
Mit diesen Worten breitete Eddi diesmal seinen
linken Flügel um Mattis rechte Schulter aus und
beide gingen lachend ihres Weges.

Matti wuchs inmitten seiner Freunde zu einem
sehr stattlichen Möwerich heran, immer auf der
Suche nach einem neuen Abenteuer am Boden,
in der Luft und manchmal auch im Wasser.
Und ihr könnt mir glauben, er fand sehr sehr
viele davon...

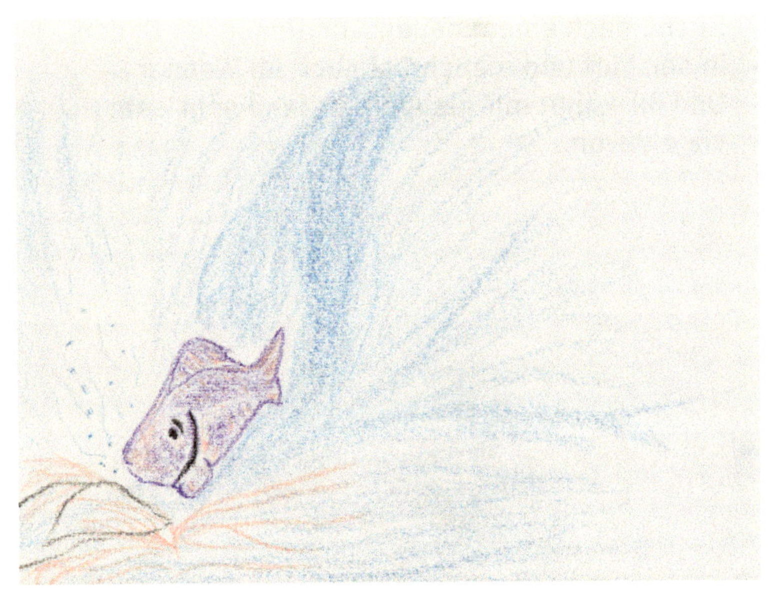